# Unfassbar mächtig

Von Marc Sommer

**Buchbeschreibung:**

In diesem Buch geht es um Menschen und ihre Schicksale. Nick ist vier Jahre als und leidet an einer schweren Erkrankung. Die wahren Geschichten erzählen von dem Kampf der Mutter nicht nur gegen die Krankenkassen, sondern vielmehr geht es um eine Mutter, die ihr Kind begleitet. Wie viel Macht hat ein von der Gesellschaft geschaffenes System und wie groß kann die Hoffnung, die Hiffnungslosigkeit sein, in dieser zu kämpfen, ohne zu gewinnen. Ich erzähle in meinen Büchern die Erlebnisse, die Empfindungen der Figuren. Es war riskant, schockierend aber auch magisch, einzigartig und jeden Moment begreife ich als kostbar. Jede Geschichte ist wahr und hat sich so zugetragen.

**Über den Autor:**

Der Autor Marc Sommer hat in Deutschland, Österreich und in der Schweiz gelebt, gearbeitet und durch seinen Beruf als Fachfragt in Palliativmedizin für psychosoziale Berufsgruppen, Systemtherapeut, Psychologe, Philósophos und als Coach Erfahrungen gesammelt. Er ist nun Künstler, Journalist, Autor und Schriftsteller.

Verluste prägen sein Leben. Gegen Unrecht und Missachtung der Würde kämpft Marc Sommer bis heute und zahlte einen hohen Preis für seinen Kampf. Dennoch fand er die Liebe. Sie stärkt ihn und ist ein ständiger Begleiter.

# Unfassbar mächtig

## Alles hat einen Anfang- Band I

von Marc Sommer

Marc Sommer

015164841169

info@marc-sommer.eu

www.marc-sommer.eu

2. Auflage, 2021

© 2020 Alle Rechte vorbehalten.


info@marc-sommer.eu

www.marc-sommer.eu

ISBN: 9783752639827

Herstellung und Verlag: BoD - Books on Demand, Norderstedt

# Unfassbar

# mächtig

# Alles hat einen

# Anfang

Echte Menschen, wahre

Geschichten.

Marc Sommer

2. Auflage

Für Felix,

ohne den vieles in meinem Leben

nicht vollendet wäre.

Auch dieses Buch nicht.

# Vorwort

Wer mit der Willkür von Krankenkassen oder Krankenversicherungen in seinem Leben schon einmal konfrontiert war, kennt die Gründe, die Vielfalt der Ablehnungen von Anträgen. Hier ist nicht verwunderliche, dass die maßgeblichen Federführer, zur Gestaltung der Gesetze nicht die Politiker, sondern der Dachverband der gesetzlichen Krankenkassen in Deutschland und der Verband deutscher Ersatzkassen und seine Lobbyisten sind.

Die Gesetze der Gesundheitspolitik in Deutschland werden schwammig formuliert. Wenn wir uns fragen, was die Gründe für diese Formulierungen in den Gesetzestexten sind, müssen wir uns mit der Bedeutung der Willkür auseinandersetzen. Die deutschen Krankenkassen haben bei der Abarbeitung einen großen Spielraum für die eigene Interpretation und somit Freiraum für die Bearbeitung von Anträgen der Versicherten. Ich habe jahrelang Einblick in die Arbeitsweisen der Krankenkassen genommen. Mir stellt sich immer wieder die Frage, wann die BürgerInnen aufhören, sich das Gefallen zu lassen, und das unterbinden, um der diktatorischen Willkür ein Ende zu setzen.

Wir alle haben, als Versicherte Individuen die gleichen Interessen, darum haben wir die Pflicht diese auch zum Ausdruck bringen. Ich habe viele Jahre kritische Fragen gestellt, die aus meiner täglichen, siebzehnstündigen Arbeit erwachsen sind.

Mit diesem Buch fällt das Hinschauen leicht, wo andere wegschauen!

Es ergreift mich zutiefst, wenn ich sehe, höre und selbst erlebe, wie die Leistungen der großen Krankenkassen gefeiert werden. Aber welche?

Mit mir zum Beispiel wurden telefonisch Fälle besprochen, die nicht Mensch, sondern Nummer waren, die keine Persönlichkeit hatten, die niemand hört, wie Worte gewählt wurden, die an Schrecklichkeit und Unmenschlichkeit kaum zu übertreffen waren und sind. Wie Sachbearbeiter eine Art Schöpfer spielten, weil die eigene Psyche nicht ausreicht, um ein mitfühlender Mensch zu sein.

Betroffene sind machtlos, ohnmächtig gegenüber der geballten Gewalt über Leben und Lebenswerten, von Behandlung und Tod. Ein Spiel mit so vielen Menschen unter dem Deckmantel der Politik und der Gesellschaft.

Dieses Buch versucht, einen Einblick zu geben, wie das Leid und die Willkür in unsere Bevölkerung einkehren und schweigend von einigen, stillschweigend akzeptiert wird.

Das Volk hat in der schlimmsten Zeit unserer Geschichte geschwiegen, die Gesellschaft war wie ein Lamm, dass zur Schlachtbank geführt wurde.

Unsere Schuld ist die Untätigkeit und wir wiederholen die Fehler. Tauchen Sie in die Geschichte dieses Buches und lassen Sie sich inspirieren.

Es wurde ein Antrag gestellt, den ich für eine betroffene Familie ausgearbeitet hatte. Ich kämpfte um eine Bewilligung einer Hippotherapie, für eine Klientin mit ihrem kleinen Jungen, der an einer progredient verlaufenden Erkrankung litt. Eine Sachbearbeiterin der Krankenversicherung stellte bei einem Telefonat fest, dass der therapeutische Ansatz fehle und es für die Form von solch einem „Spaßreiten " kein Geld von den Krankenkassen gebe.
Denn das betroffene Kind würde dennoch sterben, macht überhaupt keinen Sinn.
Somit werden die Kosten nicht übernommen, denn zusätzlich die Gelder in die Höhe treiben macht keiner. Die

Dame bedankte sich für das Telefonat und beendete dieses Gespräch mit den Worten: „Ich habe nun keine Zeit mehr. Für mich ist der Antrag abgeschlossen und die Ablehnung kommt mit der Post noch zum Versicherten! "

Wir reden über eine Familie, es betrifft um ein kleines Menschenkind, welches die Gesellschaft nicht haben will.

Gegen das Infragestellen und der ablehnenden Haltung zur Bezahlung, einer wissenschaftlich nachweisbaren Wirkung der Therapieform, konnte ich objektiv gesehen nicht viel entgegensetzen. Gegen den letzten Punkt, dass das Kind eh nicht mehr lange leben würde, habe ich gegen die Sachbearbeiterin eine schriftliche Beschwerde an die betreffende Krankenkasse eingereicht. Mein Vorbringen des Verhaltens der Sachbearbeiterin wurde bearbeitet. Also aus der Sicht der Gesellschaft wurde der Sachverhalt bearbeitet. Die Akte ist verschwunden und eine Entscheidung blieb aus.

Wer denkt, so etwas gibt es nicht in unserem Rechtssystem, den bitte ich im Internet auf den Seiten unserer Krankenkassen, nach einem Antrag für die Einstufung des Pflegegrades eines Kindes zu suchen. Kinder gibt es nicht in unserem Gesundheitssystem. Es gibt Medikamente für Erwachsene und die werden niedrig dosiert und auf Kinder angewandt. Was für eine Gesellschaft, was für eine Entwicklung schweigt? Unsere... WIR!

Meinen Sie, der Arzt wird schon helfen? Auch dieses ist nur erdacht, es gibt keine Hilfe von Ärzten, denn dieser kann nur Empfehlungen aussprechen und nicht anweisen. Will dieser Berufsstand auch nicht, dass würde ja keiner zusätzlich bezahlen. Was ist nur aus diesem Berufsstand geworden?

Einst als Medicus reisend, mit der Freude des Erforschens im Gepäck ist dieser Beruf nur noch der Bauer, der die Kuh melkt. Natürlich nicht selbst, das erledigen doch in der Moderne Maschinen. Auch hier ist die Gier das tägliche Brot. Wie konnten wir es nur zulassen? Haben wir nicht genug Schuld? Schuld die ausreicht um noch unsere Enkelkinder zu nähren? Ich meine doch. Ich meine es reicht.

Ich saß mit so vielen Individuen, die die Medizin des Menschen gelehrt bekommen haben und sich selbst für den Schöpfer hielten. So viele sinnfreie Debatten, dass das zählen eine Bemühung ohne Erfolg darstellt.

Ich möchte einige jedoch dem Leser nicht vorenthalten.

Im Frühjahr 2012 habe ich mit einigen Professoren gesprochen, die in der deutschen Politik ein sehr hohes Ansehen genießen und diesen Deckmantel nutzen, auch der damalige Oberbürgermeister Stefan Weil labt sich an diesen konstruierten Deckmantel aber das ist ein eigenes Kapitel, ob ein Bedarf für eine teilstationäre Palliativeinrichtung bestehen würde.

Die Antwort war klar und deutlich. Die großen Einrichtungen bestimmen ob Bedarf geschaffen wird oder nicht. Hier ist sehr viel Geld zu verdienen und wer den Bedarf bestimmt ist wohl mehr als deutlich, die von der Gesellschaft gefeierten Würdenträger,

die jegliche Würde verwirkt haben, denen es nur um den Profit geht, da ist kein Platz für ein miteinander, hier herrscht das gegeneinander und wer nicht kooperiert wird denunziert, klein gehalten oder völlig ausgelöscht, hier meine ich beruflich, wobei ich mir auch eine andere Form der Auslöschung vorstelle, Handlanger sind die Juristen, die sich mit Geschenken und Prestige bezahlen lassen.

Darum kommt vieles nicht heraus. Gibt es eigentlich ein Gesetz, was die vierte Gewalt abhält korrupt zu sein? Kann ein Journalist bestraft werden, wenn er von einem Geschäftsmann eingeladen wird und teure Geschenke erhält, damit dieser einen positiven Artikel über diesen Menschen schreibt? Das muss sich der Leser selbst beantworten.

Zurück zu dem Professor, den ich befragt habe. Nach unserem Gespräch hat dieser Mann der Wissenschaft einen Brief verfassen lassen. Dieser Brief ging natürlich an die Krankenkassen, genauer an den Dachverband der deutschen Krankenversicherungen. Es ist zu lesen, dass dieser Professor es ablehnt und untersagt eine andere Einrichtung zuzulassen, die einen solchen Dienst den

Bürgerinnen und Bürgern anbietet. Er sei der einzige, der diese Versorgungslücke schließen kann, wenn eine solche auftreten sollte.

Aber ist die Annahme nicht schon ein Indiz in sich selbst, dass es zu Versorgungslücken bereits jetzt schon kommt, wenn jemand ein Verbot ausspricht, weil er selbst diese Lücke bedienen will? Der Bedarf einer weiteren Konkurrenz ist schlicht und ergreifend nicht vorhanden.

Auch länderübergreifend habe ich meine Erfahrungen gemacht. Ich kann von dem Schweizer System, dem österreichischem System und dem amerikanischen System berichten und einen Vergleich ziehen. Zunächst erst mal zurück nach Deutschland. Ein neuer Versuch der Politik, also der Krankenkassen ist es, frei wählbare Zusatzabgaben für jeden individuell zu erheben und somit zusätzlich zu dem Bruttogehalt weitere Versicherungsbeiträge abzuschöpfen. Und wieder schweigt der Mitmensch, die „Gesell-schaft ". „gesell-ig " sind die meisten schon lange nicht mehr. Dieses ist doch eine recht hilflose Situation, wenn ich bedenke, dass wir keine Möglichkeit haben ein Veto einzulegen.

Haben wir uns etwa schon daran gewöhnt, ein Mensch zweiter Klasse zu sein? In Deutschland macht es den Anschein, als würde sich der Deutsche wohlfühlen, zweitklassig zu sein. Wir machen mit den

Gesetzen den Bock zum Gärtner. Ist dieses der Weg zur Verbesserung des Systems? Ich meine nicht.

Wer sich eh nicht traut, könnte sich sagen, dass es Länder gibt in denen es viel schlechter bestellt wird und viel schlimmer ist. Dann frage ich mich ob das wirklich unser aller Bestreben ist, uns an schlechterem zu messen und wieso nicht an Systemen, die gut funktionieren? Diese Fragen beantworte ich ganz klar mit einem Ja, es gibt Länder in denen es viel schlechter ist.
Menschen, die gegen Krankenkassen angehen könnten, gegen die Fehlentscheidungen, haben oft keine Kraft um die Rechte anzufechten.
Da kommt noch erschwerend hinzu, wo findet derjenige einen Anwalt?

Anwälte und Staatsanwälte sind schon seit ewigen Zeiten keine Hüter der Gesetze mehr. Korruption und Macht bestimmen den Ausgang von Rechtsprechung. Oder leisten Sie sich regelmäßig eine Rechtsberatung für 250 Euro pro Beratungsstunde? Oder kennen Sie Anwälte, die ganz laut hier schreien, wenn der Mandant ein Recht hat aber dieses nicht bezahlen kann, es durchzusetzen? Oder mit einem „Kostenübernahmeschein " vom Gericht für sozial schwache? Wohl eher nicht.

Staatsanwälte stellen Verfahren ein, ohne zu ermitteln. Oder kennen Sie einen Richter oder Staatsanwalt, der unabhängig und frei ist? Den gibt es nicht!

Dieses Buch befasst sich durch reale Geschichten mit diesen Thematiken und führt Sie durch die Welt von Schein und Realität (die Realität der modernen Sklavenhändler und Sklaventreiber).
Ich berichte auch von einem Krankenhäusern, die politischen Einfluss haben. Hier wurde mit einer Familie Werbung gemacht, im Jahre 2005. Das Kind der Familie war unheilbar krank. Ist erst einmal nicht sonderlich schlimm wird der ein oder andere behaupten. Ein Krankenhaus hat mit diesem Kind als Gesicht geworben, als die Familie bereits in Trauer war, weil das Kind bereits verstorben ist und tiefste Trauer den Alltag der Familie bestimmt.

Ich fragte die Mutter zu diesem Vorfall, weil sie mich um Hilfe gebeten hat. Sie war sehr traurig und Hoffnung sah sie weder am Horizont noch in der Zukunft.

Die Mutter war sehr wütend über den Professor, den ich bereits kurz erwähnt habe, der Chef eines Krankenhauses, welches keinen Bedarf sieht Menschen zu helfen und zu unterstützen. Pietätlos und grausam ist dieser Mann, das System der Krankenkassen und Vereinigungen, die sich Club nennen, der mit einem Video des verstorbenen Kindes Werbung machte und zu Spenden aufrief. Stets unter dem Deckmantel der Krankenkassen, Spitzenverbände deutscher Krankenkassen.

In Berlin fragte mich eine Anwältin, ob ich wirklich in dieses Haifischbecken eintauchen möchte und ob ich mich groß genug fühle mitschwimmen zu können. Engagiert war ich sofort bei einem naivem, aus tiefster Überzeugung geprägtem JA! Die Zeit zeigte, dass ich nicht einmal ein Krill war sondern nur Plankton. Ich hoffe der Leser kann meinen Gedanken folgen und bemerkt die Tragweite.

Ich möchte über eine wahre Begebenheit berichten und ich hoffe, mir gelingt es dem Leser die Gefühle und Emotionen so nah wie möglich zu bringen. Ich weiß, dass es auch Menschen gibt, die diese Gefühle nicht spüren oder nachempfinden können. Denen sei gesagt: Auch eure Zeit wird kommen, in der Ihr keinen neben euch habe, der mit euch fühlt.

# Kapitel 1 Eine neue Herausforderung

Es war ein trüber Frühlingsmorgen, als mein Handy klingelte. Ich schaute verschlafen auf das Display. Eine Nummer. Ist mir nicht bekannt. Schnell richtete ich mich im Bett auf, ein rasches Gähnen und mit einer leicht rauchigen Stimme hob ich ab und fragte: „Ja hallo? " Ich hörte eine verschnupfte Nase am anderen Ende. „Ja hallo, mein Name ist Angelika,... Angelika Stein ", stellte sich eine Frau mit leiser, traurig klingender Stimme vor. „Was kann ich für Sie tun ", fragte ich in einem ruhigen Ton.

„Ich hoffe, dass ich Sie nicht störe? "
„Nein Frau Stein ", log ich sie an und wartete einige Sekunden. Ich hätte ja noch gerne meinen Wecker um 05:30 Uhr abgewartet. Denn es war erst 05:05 Uhr. Angelika fragte: „Ich möchte einen Termin bei Ihnen, es geht um meinen Sohn. " „Ja gerne ", erwiderte ich und huschte leise aus dem Bett, raus in den Flur, rüber zu meinem kleinen Büro in der Wohnung, wo der Terminkalender lag.

Ich vermutete, dass die mir unbekannte Frau einen zeitnahen Termin braucht. Mein Kalender verriet mir, dass ich heute bereits 19 Termine haben werde. Ich schnaufte und fragte einfach drauf los.
„Wann möchten Sie denn gerne einen Termin? Vormittags, Nachmittags oder

lieber am Abend? " Angelika überlegte und ich war mit meinem Kugelchreiber bereits startbereit zum schreiben.

„Ich würde mich freuen, wenn es am Vormittag geht. " „Sehr gut " lobte ich Angelikas erste Entscheidung. „Um 08:30 Uhr oder lieber um 10:30 Uhr? ", begleitete ich sie weiter durch den, von mir entworfenen Fragenkatalog. „Dann lieber um 10:30 Uhr ", schoss es aus meinem Handy. Ich bemerkte, dass sich Angelika etwas gefasst hatte. „Ja super, dass passt mir sehr gut ", unterstütze ich sie weiter.

Uns beiden war klar, dass wir den Tag nicht mehr abstimmen mussten, denn es war der selbige Morgen, der gleiche Tag, heute!

„Möchten Sie zu mir ins Büro kommen oder...? " „Oh das geht nicht so gut aber ich rufe meine Schwester an. " „Was meinen Sie? ", kam es aus mir heraus. „Naja, ich kann hier schlecht weg, wegen Nick. " Da war er der Name, der Träger, um den es sich handeln würde. „Ach, ich kann auch zu Ihnen kommen Frau Stein. " „Ja wirklich? " „Ja, dass mache ich doch gerne, wo wohnen Sie? " Angelika beschrieb mir, wo sie wohnte, ich wiederholte wie bei einem Diktat und fügte hinzu, „ja super ich freue mich auf das Kennenlernen. " „Um was geht es genau? ", fragte ich nach. „Um meinen Sohn.

Er und ich haben Stress mit der Krankenkasse. " „OK " bekräftigte ich ihr Anliegen.

Mir schossen wieder ein paar Szenarien durch den Kopf. Ich fing an zu murmeln und fragte, „Kann ich im Moment noch etwas für Sie tun? " „Hmmm... nein, eigentlich nicht, sie sind ja erreichbar oder? " „Jaaa ", hebelte ich die Frage weg, als müsse sie nicht gestellt werden. „Ich bin 24 Stunden zu erreichen ", mit einem kurzen Schnaufen, dass signalisierte, es war ein leichtes Lächeln, so ein... „Na selbstverständlich. " „Vielen Dank, ich freue mich ". „Sehr gerne ", erwiderte ich und wartete, bis die Verbindung unterbrach und Angelika aufgelegt hatte. Solche Telefonate gab es täglich und ich hatte mir schon einen Algorithmus an Fragen antrainiert. So, schnell duschen und einen Kaffee trinken. Beim Putzen meiner Zähne kontrollierte ich das Handy auf E-Mails. Ein ganz normaler Tag, einer wie jeder und doch so unterschiedlich.

Puh, wieder 12 neue Nachrichten. Ich legte mir meine Kleidung an und verließ um 06:30 Uhr aus dem Haus, natürlich telefonierend.

Ich fuhr ins Büro, wälzte Akten, bewältigte Besprechungen und versorgte meine Assistenten mit zusätzlichen Tagesaufgaben. Und schon war es Viertel vor zehn. Ich stieg ins Auto und fuhr zu meinem Termin mit der Familie Stein. Ich hatte bei der Fahrt eine Entspannungs-CD eingelegt und wurde von weiteren, wichtigen Telefonaten abgehalten, mich zu erholen. Also immer erreichbar.

Als ich ankam, verweilte ich noch ein paar Minuten im Auto und stellte die

Rufumleitung ein. Denn einer ist ja erreichbar, wenn ich es bei einem Termin nicht bin.

Ich achtete auf meinen Atem und konzentrierte mich auf das, was jetzt auch immer kommen möge. Ich stieg aus dem Auto aus und atmete die noch leicht feuchte, kühle Frühlingsluft ein. Ich achtete auf meinen Atem und war gespannt, und besonn mich auf das, was jetzt auch immer kommen möge.

Mein Blick fiel auf den Wohnblock, 13 Stockwerke hoch und über 3 Hausnummern erstreckte sich dieses riesige Gebäude, mit einem Supermarkt im Erdgeschoss. Zeigefingersuchend schob ich meine Hand über die Vielzahl von Namen. Stein, Stein... St... St... Stein hier, ok, ich

schaute noch auf meine Uhr. Sehr „gut ",
dachte ich mir, es war 10:10 Uhr. Ich
läutete und wartete.

„Hallo? ", schallte es aus der
blechernen Gegensprechanlage. „Ja hallo
Frau Stein, hier ist Herr Winter. Wir
haben heute Morgen miteinander
telefoniert. "
„Ja schön, kommen Sie hoch in den 12
Stock. " Es summte. Ich öffnete diese
schwere, mit Sicherheitsglas versehende
Eisentür.

Ich schritt zum Fahrstuhl, drückte den
braun leuchtenden Kunststoffknopf und
hörte das quietschen, als sich der Lift
in Bewegung setzte. Der Einstieg in
diesen, war fast ein Abenteuer,
jedenfalls so fühlte es sich an. Ich

drückte die 12 und wartete, bis sich der Aufzug in Gang setzte. Schleifend schloss sich die Tür und ich verharrte auf die Dinge, die da auch immer kommen mögen.

Was würde mich erwarten? Wird die Atmosphäre passen?

Mein begrenztes Wissen über den Termin beflügelte die Phantasie.

War ich auf alles vorbereitet? Nein, ich war mangels Informationen gar nicht vorbereitet.

Ach alles wird gut, dachte ich mir und achtete wieder auf meine Atemfrequenz.

Eine gefühlte kleine Ewigkeit später, es ruckelte, es quietschte etwas und die Schiebetüren des Lifts öffneten sich, ich machte einen Schritt raus.

„Hallo Herr Winter, ich bin Frau Stein, Angelika Stein. "

Ich beobachtete die Frau einige Millisekunden, vielleicht um sie zu bewerten, sie einschätzen zu könne. Ich erinnerte mich an ein Zitat von Rousseau:

„Wer vom Naturzustand spricht der spricht von einem Zustand, der nicht mehr existiert, der vielleicht niemals existieren wird und der gleichwohl gedacht werden muss, damit man die Gegenwart richtig begreifen kann. "

Dieses Zitat fesselt stets dann meine Gedanken, wenn ich Gefahr laufe, jemanden oder etwas falsch zu bewerten. Ich sah eine Frau, naturblondes Haar, ein sympathischer Ausdruck in ihrem Gesicht, eine leicht untersetzte Silhouette, sie war vom Lift aus betrachtet, fast so groß, wie ich es selbst bin.

Ich versuchte in diesen wenigen Sekunden, so nüchtern und objektiv zu sein, wie ich es vermochte.

Ich trat an Angelika heran und streckte ihr meine Hand entgegen. Angelika kam auf mich zu und nahm meine ausgestreckte Hand zur Begrüßung, allerdings mit ihren beiden Händen, meine direkt zwischen ihren beiden, sie umschloss meine mit ihren.

Mich überkam ein vertrautes Gefühl, ein beruhigendes Empfinden. Wie kann es sein, dass eine Frau, eine Mutter, die ein sterbendes Kind hatte, nur so viel Ruhe und Erdung ausstrahlt? Sie sagte,

„es ist schön, dass Sie endlich da sind. Kommen Sie ich habe gerade den Kaffee fertig, möchten Sie einen? "

„Sehr gerne ", antwortete ich mit einer leicht verniedlichten Stimme. Angelika bat mich in ihre Wohnung. Der Flur war gleichzeitig der Zugang der offenen Küche. Links und rechts Türen, ich dachte bei mir: „Das sind bestimmt Zimmer. Naja was sollte denn sonst hinter den Türen sein? " Ich musste etwas schmunzeln, was für ein Gedanke. Sie führte mich zu dem Esstisch an der rechten Seite, 10 Meter nach der Eingangstür.

„Lassen Sie Ihre Schuhe ruhig an! " Ich hatte eine kurze Unsicherheit. Ich schaute mich in dem großen Raum um und roch die Luft.

Sie richte nach frisch gebrühtem Kaffee.
Leise spielte Musik im Hintergrund.

„Setzen Sie sich, ich schaue gerade noch zu Nic ", umsorgte mich Angelika. Ich war doch fremd und die Frau ließ mich hier. Ich dachte, während ich mir einen Platz am Tisch suchte: „Ist richtig schön hier. " Und schon bekam ich ein schlechtes Gewissen, wer war ich, dass ich mir herausnahm zu mustern?
Nach ungefähr einer viertel Stunde kam Angelika wieder.

„Entschuldigung, ich habe meinem Sohn gerade seine Schmerzmedikation gegeben. "
Ich erwiderte: „ Natürlich, kein Problem. " Angelika schmunzelte. Ich hatte das Gefühl, sie war erleichtert über meine Äußerung. Während Angelika

uns den Kaffee eingegossen und ein paar Kekse gereicht worden, fragte ich ganz neugierig:

„Wie kann ich Ihnen und Ihrer Familie helfen? " Eine bedrückende Stille durchströmte den Raum und nach einigen, mir lang schienenden Sekunden fing Angelika an über ihren Sohn Nic zu sprechen.

Ich beobachtete sie sehr genau, um alles wahrzunehmen. Nicht nur was Angelika sprach, sondern auch wie sie es sagte. Mir war auch die Stimmfarbe sehr wichtig.

Wenn ich so viel wie nur irgend möglich wahrnahm und mitbekam, konnte ich die Gefühle erfassen, aufnehmen und nachvollziehen. In der Zeit, wo Angelika sich um ihren Sohn kümmerte und ihn versorgte, hatte ich aus meiner braunen Lederumhängetasche einen karierten Schreibblock und einen, aus poliertem Edelstahl bestehenden Kugelschreiber.

„Nic, also Domenic ist mein ein und alles, ich weiß über die nur sehr wenig verbleibende Zeit ", fing Angelika an zu reden. Ihre Worte bebten, ihr Kinn fing an zu zittern. Sie betrachtete ihren Kaffeelöffel, machte eine Pause, schniefte und entschuldigte sich wieder bei mir. Mit ruhiger Stimme unterbrach ich die Pause und antwortete: „Das ist völlig in Ordnung Frau Stein. "
„Danke ", erwiderte sie. Angelika schaute mich an, ihre Augen glänzten und eine schwere Träne rollte schnell

fallend über ihre linke Wange, vorbei an ihrem Grübchen.

Als sie sich den Weg der Träne auf der Wange wegwischte, nutzte Angelika den Moment, um sich zu fangen, und sie fasste sich erneut. Ein lauter Seufzer entfloh ihr.

Mir ging in dem Moment durch den Kopf, dass es der gleiche, traurige Klang der Stimme war, als wir in der Früh telefonierten.

Sie sprach weiter:

„Die Zeit geht einfach zu schnell, viel zu schnell. Es ist doch nicht richtig, dass die Eltern ihre Kinder überleben oder? "

„Nein! ", antwortete ich leise und knapp.

Angelika atmete tief ein und stieß einen kräftigen Atem aus und sprach.

„Nic ist fünf Jahre alt. Er ist so neugierig und will alles wissen. Domenik hat akute lymphatische Leukämie. Die ALL ist sehr aggressiv und dennoch, ich gebe die Hoffnung nicht auf, ich bin es meinem Kind schuldig! "

Ich merkte in ihrer Stimme, wie soll ich es beschreiben? Angelika klang so professionell. Ich dachte an eine Art Dienstgespräch, Angelika hat es wohl schon so oft erzählt, dass automatisierte berichten, eine Art Programm. Der Kopf spielte gerade ein Programm ab, Selbstschutz? Angst? Schwindende Hoffnung? Vielleicht etwas von allem. Ich werde es nie wissen können, bis es mich selbst trifft, dann weiß ich was Angelika an diesem Morgen spürte und nicht einmal dann zur Gänze.

Wir sprachen weiter über Nic´s unzähligen Krankenhausaufenthalte und damit verbundenen Untersuchungen, Geschichten und Erlebnisse. Angelika zählte zehn verschiedene Medikamente auf, die Nic morgens, mittags, abends und auch nachts nehmen muss.

Ich schrieb alles fleißig mit, ohne meinen Blick wirklich abzuwenden, von Angelika. Eine halbe Stunde war vergangen, da stand sie plötzlich auf und sagte: „Warten Sie, ich schaue rasch zu Nic. " „OK ", erwiderte ich und gab ein zaghaftes Lächeln von mir.

Angelika tat es mir gleich und lächelte ebenfalls. In ihren Augen war der

Ausdruck, dass sie schon nicht mehr da ist, nicht mehr in der Küche, sondern sie war schon bei Nic. Sie kam kurze Zeit später aus dem Zimmer wieder und bat mich: „Kommen Sie mal bitte? Nic ist ganz neugierig wer uns besuchen gekommen ist. " Ich stand sofort auf, musste leicht schmunzeln, weil ich es interessant fand, dass Nick, typisch Kind so neugierig war. Ein Moment, wo es mir schien, als hätte ich es mit einem gesunden, unbefangenen Kind zu tun.

Ich ging gerade zu ins Zimmer, es war das Wohnzimmer, denn dort stand Nic´s Krankenbett.

Ich sah, was ich durch meine Erfahrungen erwartete. Eine bunte Wolldecke bedeckte einen Teil des Bettes. Viele kleine Kissen, ein Paar größere waren an der

Seite des Bettes drapiert. Die Motive variierten von Phantasietieren, andere mit bunten Streifen und eines von den größeren bildete Benjamin Blümchen, mit einem Eis in der Pfote ab. Ein Kuscheltier war am Kopfende, in der Ecke von Nicks Bett platziert.

Es sah aus wie eine Sonnenblume. Die Blüten waren rings herum um den Kissenrand. Zwei Augen und als Nase hatte es einen Rüssel, der mich an den Schlauch eines Staubsaugers erinnerte.

Dominik hatte seine Wolldecke über dem Oberkörper gezogen und die Arme waren seitlich auf der Decke, die Hände auf seinem Bauch zusammengefaltet.

Das bunte Bett hatte mit Nick nicht viel gemein. Seine Haut war gräulich blass, seine großen hellblauen Augen sahen mich interessiert an. Nics Kopf war bedeckt von Flaumhaaren. Ich näherte mich dem Bett. Angelika stand neben ihm und fragte mich, ob ich mich setzen möchte. Ich nickte und war etwas wortkarg. Sie holte mir einen Stuhl und platzierte ihn am Fußende von Dominik. Angelika setzte sich auf die andere Seite, auf das riesige Sofa, dass die gleiche Höhe hatte, wie das Bett. Ein Monitor stand am Kopfende auf einem Ständer. Der Monitor piepste in regelmäßigen Abständen. Er gab den Puls und den Herzschlag von Nic akustisch wieder. Nick beobachtete mich mit seinen großen blauen Augen.

Er fragte:
„Wer bist Du? "
„Ich bin Felix ", antwortete ich.

„Was machst Du? ", schoss es aus ihm heraus.

Ich sagte mit einer niedlichen Stimme: „Ich komme euch besuchen. "

Nic schloss die Augen und nickte ein paar Sekunden ein. Als er wieder die Augen aufgemacht hatte, beobachtete er mich und schaute zu seiner Mutter. Angelika stützte sich mit ihren beiden Ellenbogen am Bett ab und stütze mit beiden Händen ihren Kopf.

Sie beobachtete uns, es wirkte als sei sie selbst ein neugieriges Kind. Allerdings mit den Augen einer Mutter, der Blick, wenn die eigene Mutter einen angeschaut hatte und uns zu verstehen gab, dass alles in Ordnung sei. Sie träumte währenddessen etwas vor sich hin. Ich passte mich an und legte meinen linken Unterarm auf das Fußende vom Bett, mein Armgelenk angewinkelt und meine Hand baumelte locker am Bettrand herunter. Es roch nach Desinfektionsmittel.

Ich hielt dennoch mit meinem Oberkörper Abstand.

Mir ging durch den Kopf, ich möchte den kleinen Körper nicht noch zusätzlich mit meinen Keimen belasten.

„Mamiii, darf ich ein bisschen sitzen? " Fragte Nic seine Mutter. Angelika stand ganz leichtfüßig auf und legte ganz behutsam Benjamin Blümchen in seinen Rücken, stellte das Kopfende elektrisch steiler.

„Mmmm, Duuu... kennst Du Benjamin Blümchen? " Stellte Dominik mir die nächste Frage. „Klar kenne ich Benjamin

Blümchen und Frau Kolumna, die rasende Reporterin. "

Nic riss die Augen ganz auf und fing an zu lächeln. „Ja, den finde ich richtig toll " sprudelte Nick weiter. „Ich auch ", stimmte ich ihm zu. Ich schaute Angelika an und fragte: „Alles OK? "

„Gerade schon " hauchte sie mit leiser, aber gut verständlicher Stimme. Als ich wieder zu Nick sah, waren seine Augen geschlossen und er atmete ruhig, nebenher begleitete dieses piep... piep... piep den ruhigen Moment. Angelika stand leise auf und stellte den Ton des Monitors leise. Sie fragte mich, ob wir wieder in die Küche wollten.

Ich nickte, stand leise und behutsam auf und wir gingen in die Küche zurück.

Kaum haben wir uns an den Tisch gesetzt, fragte mich Angelika, ob ich noch einen Schluck Kaffee möchte. Sie griff schon zur Kanne, als ich höflich ablehnte. „Ich habe noch etwas danke Frau Stein. "

Sie zupfte an ihren rechten Ärmel der Bluse, weil dieser hochgerutscht war, und zog ihn hinunter zum Handgelenk und sagte:

„Es geht um unsere Krankenkasse. Ich habe vor vier Wochen einen Antrag, auf eine Mutter- Kind- Kur gestellt. Aber die Krankenkasse will das nicht genehmigen. Die Begründung war, ich hätte schon vor 12 Monaten eine gehabt.

Diese musste ich aber zu Siebzig Prozent selbst bezahlen. " Ich bewaffnete mich mit meinem Kugelschreiber und schrieb wieder fleißig mit, wobei ich den Blickkontakt zu Angelika nicht abbrach. Sie atmete tief durch und meinte: „Ich bin richtig sauer auf diese Bürokraten, ich komme mir so schäbig vor, weil ich nach einer Kur für Domenic und mich gefragt habe. Hier geht es doch nicht um mich, sondern um Domenic! " Ich nickte und gab nur ein Wort von mir. „Verstehe. " Angelika schaute mir in die Augen und fragte: „Können Sie mir bitte helfen? Ich glaube, dass das unser letzter Urlaub ist. "

Ich schaute sie an und das ohnmächtige Gefühl der tiefen Trauer trat aus Angelikas Gesicht. Auf Angelikas Frage ob ich helfen könne antwortete ich (und es sollte ein harter Weg werden): „ Ich versuche, was ich erreichen kann.

Ich benötige die Unterlagen der Krankenkasse (es stellte sich heraus, es ist die mit den drei grünen Blättern), den Krankheitsverlauf von Domenic und wenn Sie haben Frau Stein auch von Ihnen.

Ich möchte mit Ihnen Frau Stein einen weiteren Termin vereinbaren, damit wir noch weitere Fragen bearbeiten können! "

Angelika beobachtete mich und nährte sich von meiner Entschlossenheit.

Denn sie schaute gespannt zu mir, als ich mir den Ablauf notierte. Angelikas Augenbrauen waren nach oben gezogen. Sie hatte einen offenen Blick. Ich vermute, sie war erstaunt über meinen Tatendrang.

„Herr Winter", sprach sie mich mit fester aber dennoch ruhiger Stimme an.

„Auch wenn Sie nichts erreichen sollten, haben Sie mir heute viel Kraft gegeben, denn Sie haben eine so kraftvolle, eine so motivierende Ausstrahlung, dass ich mir sicher bin, das richtige zu tun und für Nic weiterzumachen."

Ich schwieg und spürte eine leichte Rötung in meinem Gesicht.

Leider musste ich wieder zu meinem nächsten Termin, schaute Angelika an und stand auf. „Vielen Dank, dass Sie mir einen kleinen Einblick gewährten. Ich bin an Ihrer Seite! Darf ich mich noch von Nic fürs erste verabschieden?"

„Selbstverständlich!" Sprach Angelika zu mir und stand mit einem Ruck auf, ging leise in das Wohnzimmer und winkte mich zu sich. Ich ging leise zu Nic ans

Bett und faltete meine Hände zwischen meine Knie, leicht gebeugt und verabschiedete mich. „Machs gut Nick, ich komme euch wieder besuchen. " Sprach ich leise.

Nick schaute mich verschlafen an und lächelte. Er redete leise „Das nächste mal erzählst Du mir aber mehr von Dir ja? " Ich nickte und war traurig. Alles hat einen Anfang, manchmal ist es, aber auch ein Abschied. Das wissen wir nie vorher, sondern können nur in der Vergangenheit klar sehen.

Ich ging mit Angelika zur Tür, verabschiedete mich und wünschte mir, als ich ihre Hand nahm ihr Kraft von mir abgeben zu können. Vielleicht ist es mir gelungen.

Ich schaute mich nicht nochmal um, sondern ich drückte den Fahrstuhlknopf und wartete auf den Moment, dass die Sonne mich erheiterte und vielleicht der Wind meinen Kopf streichelte. Ich atmete tief durch, öffnete mein Auto und stieg ein. Das gerade erlebte, ging mir sprunghaft durch den Kopf und ständig fragte ich mich, was machen wir da nur. Wir halten ein System aufrecht, was schon längst nicht mehr funktioniert. Ein Mensch stirbt, wir müssen ihn gehen lassen und dennoch gibt es in dem Prozess des Schmerzes keine Erholung.

Ich nahm mir noch einige Minuten, bevor ich die Rufumleitung raus genommen habe und schaltete meine Entspannungs- CD wieder ein. Mir war bewusst, dass ich nichts verändern könnte. Ich bin nur ein Mann, der keine Antwort auf das Leben hat und noch weniger eine Antwort auf den Tod. Als ich mit meinen Gedanken abschweifte und über die Bäume nachdachte, wie schnell die Knospen sprießen, klingelte auch schon das Telefon. Meine Kollegin, Katja Probst rief an. Katja, die gute Seele des Büros. Sie kannte mein Wesen recht gut und fragte mich:

„Hey Felix, wie geht es Dir? Kann ich irgendetwas vorbereiten oder soll ich mich um etwas kümmern? " Ich wusste im Moment nicht recht, was ich antworten sollte. „Hallo Katja, das ist lieb von Dir. Im Moment nicht aber nachher, wenn ich da bin könntest Du bitte Frau Stein eine Vollmacht schicken, dass wir Auskunft bei der Krankenkasse bekommen? "

Katja freute sich ein wenig, „Ist schon erledigt! Ich dachte mir, dass wir das brauchen. Komm erst einmal an und dann können wir ja reden, was wir machen. Ja? " „OK, machen wir so. Soll ich etwas mitbringen, Kuchen oder so etwas? "

Katja meinte nur „Nö, ich habe Croissants mit Schokoladenfüllung mitgebracht. "

„Mmmmm, dann mache ich mich jetzt auf den Weg. Kannst Du mir bitte einen Gefallen tun? " „Klar! " Schoss es aus dem Handy, „was brauchst Du? "

„Kannst Du bitte den Termin um 11:30 Uhr verschieben? Das ist nur der Auditor für das Qualitätsmanagement.

Wichtig aber nicht sooo wichtig für heute. "

Meinte ich etwas schwach und schnaufte mal tief durch.

„Ach klar, ich rufe ihn an. Ist es Dir gleich zu wann ich den Termin verlege? "

Ich überlegte und antwortete:

„Du hast freie Hand, mach wie Du es für richtig hältst! "

Ich verabschiedete mich mit einem „vielen Dank, bis gleich. " Katja „mmm-te " und war weg.

# Kapitel 2 Es wird mehr

So jetzt aber los, es gibt noch so unendlich viel zu tun. Es ist schon spät, dachte ich bei mir und startete das Auto. Der Berufsverkehr hatte mich auch schon unter die Fittiche und ließ mich nur schleichend vorankommen.

In einer ruhigen Minute klingelte das Handy. Ich schaute auf das Display am Radio, dort stand: „Manuel Kapell ruft an ".

Manuel war ein 18 jähriger junger Mann, der bei seiner Mutter Anett Kapell und drei weiteren Geschwistern wohnte. Anett war 45 Jahre alt. Sie leidet an einer spastischen Zerebralparese und hat diese Form der Zellschädigung seit ihrer

Geburt. Manuel ist der älteste Sohn. Die zweitälteste ist Dorothee mit 17 Jahren. Dorothee hat eine Tochter mit 2 Jahren, ihr Name ist Amalie und ein Baby namens Sarah 3 Monate. Amalie ist bei einem One-Night-Stand entstanden. Sarah wurde bei einer Vergewaltigung gezeugt. Manuel und Dorothee hatten noch zwei Brüder. Peer und Daniel. Peer war 12 Jahre alt und Daniel war 9 Jahre. Meine Aufgabe war es, als Familientherapeut den Kindern und der Mutter zur Seite zu stehen und mich um das Wohl der Kinder zu kümmern, Behörden Bericht zu erstatten und die Familie bei allen behördlichen Belangen zu helfen. Denn es war alles sehr schwer und tragisch. Denn Annett war mit ihren Kindern überfordert. Manuel war Alkoholiker und fing gerade eine Ausbildung als

Einzelhandelskaufmann an. Dorothee hatte die Schule geschmissen und ihr Leben bestand aus Partys, Alkohol und für ihr Handeln keine Verantwortung tragen nur noch feiern, egal ob unter der Woche oder am Wochenende. Peer verweigerte die Schule und bildete Aggressionen gegen sich und andere aus. Tja und Daniel war verhaltensauffällig. Er verlangte nach Aufmerksamkeit und Liebe, mit allen Mitteln, er war sehr kreativ, was die Art und Weise anbelangte. Und da waren ja noch die Enkeltöchter von Annett, Amalie und Sarah. Amalie kannte keine Regeln und Gewohnheiten und Sarah war von niemandem aus der Oma gewollt. Sarah hatte eine cremefarbene Haut, wie von der Sonne geküsst und kleine schwarze Löckchen. Sie erinnerte mich an Momo, das Mädchen aus dem gleichnamigen Roman von 1973, vom Autor Michael Ende.

Einen Mann an Annetts Seite gab es nicht. Wo Daniel das Licht der Welt erblickte, war der Vater von Manuel, Dorothee, Peer und ihm bereits in der Schwangerschaft untergetaucht. Es war nur bekannt, dass er eine neue Frau an seiner Seite hatte. Die Kinder wuchsen in Terror und Schläge, seitens des Vaters auf. Alle vier Kinder waren froh, dass das endlich ein Ende hatte und er nie mehr zurückgekommen war. Nur Daniel hat es nie erleben müssen. Und kannte den Vater nur aus Erzählungen.

Ich nahm das Telefonat an und fragte:
„Manuel, schön dich zu hören. Was ist los? "

Manuel schwieg einige Sekunden am anderen Ende. „Manuel? " Fragte ich erneut.

„Ja bin da ", antwortete er zögerlich. „Was ist los Manuel? "

Und schon quoll es aus ihm heraus. „Ich will das alles nicht mehr, ich will weg. Es hat alles keinen Sinn mehr, ich will nicht mehr! "

Ich hielt den Atem an und mein Puls reagierte, ich spürte meinen Puls am Hals. „Manuel, was ist los? " Fing ich an. „Wo bist Du? " Sag mir, wo Du bist, ich komme vorbei. Ich bin an deiner Seite! „Das weißt Du, ja Manuel? "

Zögerlich antwortete er, „ja. "

In diesem Moment schoss mir der Gedanke durch den Kopf, dass das Telefon Fluch und Segen zugleich ist. Fluch, weil ich physisch nicht an der Seite sein kann,

Segen weil ich psychisch an der Seite sein kann. Fluch, ich bin immer erreichbar und Segen, ich bin immer erreichbar.

Manuel sagte mir, dass er in einer Kneipe sitzt, vor der Tür, er hatte schon getrunken. Es war 11:40 Uhr und dieser Dienstag hatte es wieder in sich. Natürlich ist er nicht zur Arbeit gegangen. Ich fragte nach der Adresse und machte mich sofort dorthin auf den Weg. Ich rief Katja, meine gute Seele im Büro an und sagte ihr, das sich Manuel Kapell gerade gemeldet hat und das ich auf dem Weg zu einer Kneipe bin. Katja kannte die Familie und die Nöte, seit ich die Familie übernommen hatte.

„Klar, OK. Kann ich irgendetwas tun? "

„Nein ", sagte ich schnell. „Ich denke, ich bekomme das hin, wenn nicht dann schicke ich dir eine SMS. Ja? "

„Ja ist gut Felix, ich bin erreichbar! " Sprach Katja und legte auf. Sie ist da wie ich, es geht ihr nahe, wenn sie nicht genau einschätzen kann, worauf sie sich einzustellen hat.

Also fuhr ich zu der Adresse und parkte das Auto. Was ich sah, machte mich betroffen. Es war ein furchtbarer Anblick.

Alles hat einen Anfang.

FSC

www.fsc.org

MIX

Papier aus ver-
antwortungsvollen
Quellen
Paper from
responsible sources

FSC® C105338